빛으로
소금으로

일향 一香 **오문식 시집**

빛으로 / / 소금으로

봄의 전령들이 소리 내어 웃습니다
햇볕 한 줌 바라던 추위는 물러가고
돌담 위에 줄지어 앉은 참새들이 꾸벅거립니다

어느새 봄볕에 하품만 늘고 게으른 몸짓으로
소나무 숲길에 등 굽은 몸을 앉힌 채
하늘 높은 구름 사이로 떠도는,
잊고 싶지 않은 생각의 방황들을
소란스럽지 않게 말하고 싶었습니다

2024년 봄

一香 오문식

작은 빛 하나로 세상이
밝아질 수 있다면
촛불이 되리라

소금으로 부패하지 않는
나라가 된다면 나는
기꺼이 소금이 되리라

조금 손해가 되어도
누구에게 유익이 되면
그 길을 가리라

사랑은 희생이라
주 예수 그리스도를 닮은
축복의 통로가 되고 싶다

《빛으로 소금으로》全文

차례

1부 / 봄이 오면

그의 사랑은	11
고백	12
그 꽃 다시 피우기를	13
그리움, 그 기다림의 미학	14
그리움, 그 행복을 찾아	15
그리움	16
그리움의 꽃	17
까치	18
낙수落穗	19
매화 곁에서	20
무명도	21
무욕無慾의 땅으로	22
바람	23
벽壁	24
봄으로 온 사람	25
봄의 서곡序曲	26
봄이 오면	27
사모곡思母曲	28
생명을 노래하다	29
시인詩人과 자유	30
안개비	31
위기	32
철쭉	33
항변抗卞	34
행복	35
향 진한 커피를 마시며	36

혼돈 37

가식의 춤 38

가야 할 길, 에덴 39

각시붓꽃 40

간절곶 등대에서 41

간절곶 연서 42

2부 / 여름 끝자락

하늘을 보며 45

누군가 그리울 때 46

눈물 47

등대처럼 48

멈추지 않는 열차 49

바늘 50

비 내리는 날 51

비가 오면 52

사계四季를 훔치다 53

사랑하는 마음 54

사랑함으로 55

세월 앞에 56

야영野營의 밤 57

여름 끝자락 59

여수항의 아침 60

연정戀情 61

자화상 62

장맛비에 띄우는 연서 63

질투 64

촛대바위 65

타인他人 66

차례

퇴근길	67
포구浦口에서	68
허물	69
회상	70
회한	71
희망	72
구속	73
그대, 떠나야 한다면	74
그리움 앞에	75
길손	76
꽃처럼	77
낙화落花	78
내일	79

3부/
가을 앓이

평화	83
가을 앓이	84
가을 어귀에서	85
가을날	86
가을날의 고백	87
갈증	88
검투사	89
과수果樹의 여인처럼	90
낙엽	91
느보산에서	92
단풍	93
대변항	94

등대 95

만남과 헤어짐 앞에 96

바람 부는 날 97

바람의 친구 98

바람처럼 99

빛으로 소금으로 100

사랑받음으로 101

사랑의 정의 102

사랑한다는 말 103

산골에서 104

산사山寺에서 105

상사화 106

세월은 흐르는데 107

소슬바람 108

이별 단상斷想 109

천국天國 110

항변抗卞의 자유 111

4부 / 겨울 꽃

회개 115

나의 기도 116

내가 가는 길 117

네모난 세상 118

늪 119

백발 120

별장일기別莊日記 121

사명使命 122

선교사 123

섬, 그리고 낙화落花 124

차례

소유욕   125

씨앗   126

어둠에서 빛으로   127

어떤 사람   128

연모戀慕   129

무제   131

욕망   132

유혹   133

은혜   134

응답   135

이별 고백   136

전장戰場에서   137

줄 서기   138

줄타기   139

짝사랑   140

행복의 의미   141

허수아비   142

환자患者   143

겨울 꽃   144

겨울밤의 초침은 느리다   145

그리움   146

꿈처럼   147

일향一香 **오문식** 시집

1부/
봄이 오면

그의 사랑은

몇 천 번 사랑한다 한들
사선을 넘지 못할 사랑은
국경도 초월할 수 없는 것

생명이 영원함을 깨닫는
죽음 앞에 당당한 사랑
사랑 때문에 죽은 자 없지만
복음 때문에 제자는 순교했다

어찌 말씀으로 죽을 수 없으랴
긍휼을 베풀지 않으실까
나를 살리시는 은혜로
그의 채찍은 선하심이도다

헛되도다
사랑한다는 말은

고백

이것도 저것도 아니다
뜨겁지도 차갑지도 않게
바람처럼 왔다 가는
그 눈빛이 그렇다

고백도, 장난도 아닌
진실인지 거짓인지
화가투花歌鬪놀이인가

사내 마음 휘저어 파문이 일고
뒤돌아보아도 그림자이니
당신을 사랑한가 보오
그대는 정녕 꽃이던가

그 꽃 다시 피우기를

살아가야 할 시간이
아주 적은 사람에게도
시간은 멈춰 주질 않는다

세월의 흔적들이 거대한
폭풍처럼 밀려와 그리움에 지친
회상回想까지 모질게 쓸어간다

침묵과 고요가 숨소리도
두렵게 혼자이게 한다
가끔은 외로움이고 고독이다

꽃이 되어 몰고 올 잊히지 않을 의미
그 아픈 기다림 언제까지인가

그리움, 그 기다림의 미학

풍선을 불다 보면
언젠간 터질 줄 뻔히 알면서
터지지 않기를 바라는 마음으로
조심스럽게 불어대는
이 아이러니한 심경은 무슨 까닭이지

부풀었던 그리움이 터지고 나면
행복은 시작인가, 끝인가
숨 가쁜 기대에 맺힌 끝의 환희
무엇을 바랐던가
그 뒤에 숨겨진 비수의 칼날을

삶의 곡예, 그 거대한 무대 위
춤추는 피에로의 슬픈 웃음처럼
다 그렇게 사는 것을

아프지 않은 기다림은 없는 법
허무로 다가올 절망의 늪일지라도
그것을 기다리는 것이
인생인 것처럼

그리움, 그 행복을 찾아

가슴 시린 입맞춤 한 번으로
이별 없이 떠난 파시즘 같은 독선
내일은 분명 기약이 없는데
오늘을 미루던 미련함으로
그리움을 잃었다

시간의 주인으로 바람 같은 유혹
죽었던 몸이 살아 폐부가 비등할 때

무겁던 치장을 걷고 꿈꾸던 세상을 향해
찰나의 순간일지라도
가시밭의 침상을 떠나리라

그리움

그리움을 말로 표현하지
않을 수 있는 법은 없는가
아려오는 이 가슴을
어찌 말로만 할 수 있는가

청산유수, 흘러가면
그만인데 이 애탐을
보여줄 수는 없는가

가슴 찢기는 몸부림을
그대는 정녕 아는가
수천 만 번 부르지만
허공에 흩어지는 바람

밤새 몸짓으로 써 내려간
사라지는 수많은 흔적,
전할 수 없는 고독을
지독하게 앓을 뿐이다

그리움의 꽃

창문을 두드리는 바람
나를 만나러 왔나
산속이 외로울까
봄내 소식 전하려나

연초록의 싱그러움
정원은 옷 갈아입고
뿌렸던 사랑 씨앗
사랑 꽃이 피어났다

웃음꽃, 행복 꽃
이름 없는 야생화
그리움의 꽃이라고
이름 붙여 주었다

까치

또 하나의 생명을 위한 수다
작은 둥지 갈퀴나무 입에 문 곡예
정지비행 날갯짓으로 몸살 앓더니
텅 빈 하늘 날던 길 또 나른다

빗살 긋듯 외로움의 바람이
칼날처럼 흩뿌려져
비상을 방해해도
어둡기 전, 몸부림으로 말하려는가

결국 비워야 할 둥지
언젠간 길손처럼 떠나야 할
내가 가는 길처럼

낙수落穗

허기져 구르는 몸뚱어리
장대했던 그 꿈의 부스러기
언어의 파편들 속에 나뒹군다

그렇게 소리 지르며 말하더니
저만큼에서 구를 뿐이다
두렵다, 심으면 거둘 줄 알았는데

아편처럼, 소리치게
중독되어 갈겨대는 상사병

언어의 마술을 접고
파한 시장에 구르는
낙엽의 바람처럼
떠돌이가 될 것인가

매화 곁에서

가슴 밭 깊은 뿌리
잊혀지지 않을
화려함 그대로,
생명처럼

떠날 수 없다면
사랑하자는 다짐
숙명에 붓는 잔
한 잔의 술을 마신다

휘어진 골목길 돌아
취한 걸음 마디에
화사한 웃음
미동 없는 그리움

그렇게,
그 자리에서
영원을 노래하리
동반의 춤을

무명도

뭍의 소식은 하루 한 번
통통선을 기다리는 곳
오늘도 거친 바람만 머문다

힘센 바다의 채찍과
매서운 하늘의 입김에도
소리 없는 아픔을 삼킨 채
세월을 미소로 머금고 있는 섬

거센 파도로 배 뜨지 못하는 날
낚시꾼의 거간이 외롭다

사무치는 고독이 밀물이 될 때
오늘도 나는 이 섬에서
그리운 너에게 글을 쓴다

무욕無慾의 땅으로

나 이제 돌아가리라
무욕의 땅으로

붉은 태양을 가슴에 안고
이글거리던 음습淫習의 때,
어둡던 희락의 끈을 자르고
순수와 이성의 나라로

그리움의 목책이 무너질 때
흐르던 외로움의 눈물보다
더 갈망하던 구속에서의 탈출
이제 홀로 서야만 하는 고독

자유를 잃어버린 마리오네트처럼
홀로 건널 수 없는 세월의 강江

바람

바람은 또 떠날 것이다

함수를 쪼개고 미분의 법칙이
난무하듯 머릿속의 혼돈
토악질로 미련을 쏟아낸다

공식이 아니라도 잊어야 한다면
고뇌의 상처는 삼켜야지
바람의 벽을 허무는 사람이여

바람은 진짜 바람처럼
여전히 오늘도 홀로이다

벽壁

거대한 벽이 나를 막고 섰다
아무리 밀어내도 꿈쩍도 하지 않을
윤리, 도덕의 담장을 긁어대고 있는 숙운宿運

영혼 없는 마른 신음으로
목쉰 비명 이외에는
실 날 같은 한 줄기 빛도 없었다
나를 가둔 현실이 무덤처럼 어둡다

긍정도 부정도 할 수 없는 대답으로
과녁을 피해 가는 달리기
하늘을 날아 비상하는 꿈이라도
사실은 사실이다.

정녕 탈출할 수는 없는가
나는 너에게로 가고 싶다

봄으로 온 사람

생명이 있으면 결실을 맺고자 한다
그 무언의 순리 앞에 숙연해질 때
바람만 스쳐도 가슴이 설렌다
봄은 그렇게 나를 부른다

얼었던 몸을 녹이고 볕을 바란다
진부陳腐한 구속을 털어내고
하늘에서 비등하는 연둣빛 구름 사이
가슴을 열어 새 희망하나 꺼내든다

사랑은 영혼으로 하는 것
은밀한 유혹이 아니라
따뜻한 가슴으로 말한다
외롭고 고독한 그리움도 허영이다

기다림이 아프지 만은 않다

봄의 서곡序曲

새 생명이 깨어나는 소리
출발이고 희망이다
움츠린 어둠의 가시밭길
모질게 건넜기 때문이다

귓불을 가를 듯
날 선 칼날이던 바닷바람
파도의 은구슬 되어
햇볕에 녹아 반짝인다

이런 날,
평화의 도구로 단련되어서
돌아오지 못한 자를 위해
길을 닦는 넉넉한 풍요

살아온 시간보다
살아갈 시간이 적을지라도
생애의 첫 출발처럼
태어남의 감사로 엎드린 날

봄이 오면

별빛 아래 소나타 되어
쏟아지던 긴 겨울 한숨
월흔月痕에 빛 붙여
태양이 뜨듯 생명이 솟는다

가슴에 균열이 생겨
모진 바람이 일기도 하지만
좁은 산길 오르락 거리며
추억을 자근 거린다

잊힌 게 아니라 묻어둔
수많은 질곡의 독백들
연민으로 다가와
분별없이 하늘에 뿌려진다

이제는 시린 옷 깃 여미며
큰 소리로 웃고 싶은 것은
좀 더 자유스러운 영혼으로
나를 사랑하고 싶기 때문이다

사모곡思母曲

반백 년 홀로 서서 아홉 새끼 먹이던
에미의 손마디에 철갑 두른 세월이 오십 년
제비 새끼 주둥이에 먹이 물어 나르듯
밥알 한 알 떨어질까 생명의 부양은 가혹했다

전쟁에 잃은 서방, 그리워할 틈도 없이
고물상을 전전하고 수레를 끌고
시장바닥 누비는 전사가 되어야 했다

'나는 괜찮아!'라는 무기 하나로
치열한 삶의 터전에서도 아홉을 위해
기쁨을 이기지 못하시더니
바람에 구르는 낙엽처럼 홀로 가셨다

그리움에 찢어지는 가슴앓이로
애타게 불러도 이미 때늦은 세월
돌아올 수 없는 강 건너에서
아직도 괜찮다고 가라 하시네

시들기 전 화려함 그대로 눈물로 뿌린 씨앗
메마른 땅에서 솟아난 생명의 결실들이
가슴으로 가꾼 국화 한 송이 강물에 띄웁니다

생명을 노래하다

봄은 야트루빛의 세계다
인고의 땅들이 녹아내리고
범접할 수 없는 생명을 부양한다
한 치의 오차도 없는 순환이다

시인은 노래한다
머릿속 소반에 수채화 떠나 놓듯
화사한 탄생과 정연情緣을,
그들만의 세상 파시스트이다

하릴없이 다 내어주는
심상의 여백에 그리움 채워지면
신비의 노래로 찬양한다

꽃과 나비와 새가 그림이 되고
창조의 소리가 노래가 되니
비운悲運쯤 잠시 잊혀두면
어찌 살 만하지 않은가

시인詩人과 자유

시인은 날마다 구도 여행을 꿈꾸지만
늘 떠나야 할 때를 놓치고 마는
어둡고 비밀에 찬 구속에 갇혀
몸살 앓듯 뻐르적거린다

자유를 옭아맨 유령 같은 질긴 끈
끊을 수 없는 마약 같은 가난
배고픔을 갉아먹는 악어새 되어
빈민과 공존의 무한궤도를 달린다

수많은 사람과 같이 살아도
가파른 고갯마루 혼자 오르듯
삶의 무게가 버거운 것은
글 쓰는 형벌의 죗값인 것을

새가 되어 자유롭기를 원하는
시인의 날갯짓은 비상이지만
결국 종착지는 현실이어서
찬바람 스치는 벼랑에 선다

안개비

산사의 운무가 슬금슬금
여명을 삼키더니
한 치의 앞이 빗살의 향연이다

석상처럼 우뚝 선 오랜 시간
발등 앞에 다가 온 토플리스 여인
춤추는 그 회상回想의 환희
마술사의 가식처럼 왔다 간다

산안개는 연둣빛 수채화 되고
기억의 창고에서 연정을 꺼내 들면
가슴 아픈 추억이 유혹을 한다

날갯짓 멈춘 새가 추락하듯
늪으로 낙하하는 덧없는 상념
안개비의 변신은 멈추지 않고
떠나야 할 슬픔을 자꾸 그린다

위기

암흑이다 빛은 없는가
정지된 시간과 싸우다 지친
일상이 갇혀버린 유형流刑

그 누구도 만날 수 없다
모두가 나를 노리는 적이다
비말에 쓰러지는 주검
어디서 날아왔는가

'콜록, 콜록' 바람을 흔드는
정복자의 아우성이 크다
분명 위기는 기회이다
내일은 희망으로 올 것이다

철쭉

세상이 제 것인 양 덤불 이루고
낙조와 벗 삼아 자지러지던 꽃
피 토하듯 처절하게 아름답더니
흐르는 세월 앞에 고개 숙이는가

어찌 너뿐이랴
저 뻣뻣하던 금잔화 무리도 보렴
화장한 듯 멋 부린 작약의 화사함도
결국 추하게 꽃잎 떨구지 않던가

영원할 숨겨진 멋의 미학
곁 자랑 벗어던진 순수, 어딘가
네 마음속에 깊이 있을 터인데
오늘따라 지친 네 모습이 이쁘다

항변抗卞

어쩌다 문학의 옥에 갇힌
수인囚人이 되었는가
무지렁이 시인이여!

웬 할 말이 그리 많아
낮과 밤을 구분도 못하더니
'꺽꺽' 피서름 토하듯
핏발 선 눈깔만 부라린다

물 한 모금 적시는 가난으로
기어코 넘겠다던 십오 척 담벼락
부르는 소리 없어 꺼져가는 생명
절망의 무기수로 영원할 것인가

행복

부유하여 교만한 것보다
가난하여 겸손하게 하소서
한 가지 선택은 다른 것을
버리는 것임을 알게 하시고

사랑받기보다는
사랑하는 영혼이 되게 하소서
행복해서 감사한 것이 아니라
감사함으로 행복을 깨닫게 하소서

향 진한 커피를 마시며

아침 일찍 홀로 마시는
한 잔의 커피에 세상을 담는다
과거와 현재와 미래의 단상을
정리하고 곱게 포장해 본다

물릴 수 없는 후회도 많지만
살아있어서 늘 감사하고
감사함으로 행복하다

내 추억의 일부분은
여유롭게 커피를 내리는 일과
한 잔의 커피를 마시는 일이다

수직으로 비상하는 새처럼
하늘을 향해 가슴을 열고
커피 한 잔의 구수한 맛을 즐기듯
회한의 잔상들을 서서히 삼킨다

에티오피아 커피의 향은
나를 지배하고 외로움도 즐기게 한다

혼돈

흔들린다 세상의 밖과 안
멈추지 않는 두려운 압박
빛을 잃은 어둠, 혼돈이다
입을 막았으니 말할 수도 없다

분명 그도 그럴 것이다
어두운 그림자의 목책으로
나를 두른 바람의 벽

어디까지 퍼지다 멈출 것인가
소리 없는 아우성, 숨 쉬기도 두렵다
마음만 봄이다 마스크도 혼돈이다

가식의 춤

진실은 과연 얼마만큼의 무게일까
무엇이 옳고 그른지, 이 혼돈의 파동波動
빠른 유속의 소용돌이에 흔들리는 몸
세상살이, 그 유혹의 이치다

나는 노인이 장에 가듯 걷는다
세월에 목메고 싶지 않아
그의 눈길, 스치는 순간에도
오래도록 진실하게 다가가고 싶다

끝은 같을 것인데
무엇을 그리 서두르는가
결국 웃음 속에 감춰진 비애
내 것은 아무것도 없지 않던가

세상은 나를, 나는 세상을
떠날 수 없다면 그냥 사랑하자

가야 할 길, 에덴

방황하던 넋,
그 긴 세월을 끝내고
가야 할 길이 보이는 것은
행복한 마무리다

아직은 사막이지만
오아시스가 보여서
영혼의 갈증을 달랜다

칼끝으로 로 쓴 시詩
이제야 온유한 펜을 든다
가야 할 길이 있다는 것은
가시밭길도 평안이다

설령 신기루라도
후회는 없다
나는 분명 그 길을
보았기 때문이다

각시붓꽃

수줍은 새색시가 인고로 버텨냈던 시간에
이질異質로 옹이같이 변해버린 세월의 무상함
겨우내 아픈 상처들로 어두웠던 사연들을

보랏빛 화사한 가냘픈 잎으로
새롭게 피어난 생명을 붙든다
파상의 나래짓, 힘찬 희망으로 웃는다

간절곶 등대에서

일출의 광활한 부활을 아는가
유채색 진노란 달빛을 삼키는 숭고함을 아는가
추억을 긁어 하늘에 뿌렸던 흔적
오직 아타락시아로만 존재하던 상념이여

정녕 바다인가
장엄한 역사, 해무의 소리로
하늘에 그리는 용솟음
잔잔하다 부르는 광포한 웃음이여

어둠이 세상을 삼켰을 때도
차꼬에 채워진 인생이 굶주릴 때도
찬란한 생명의 은빛으로
바람을 잔잔하게 하고
망아忘我의 의식을 숨 쉬게 하더니
영원할 듯 멈춰서 시간을 세게 한다

오라, 유혹의 빛이여
혈관을 뛰게 하는 파도여
존재로 거듭나는 힘의 용사여
지금도 살아 숨 쉬는 간절곶이여!

간절곶 연서

호흡도 멈추게 할 적막을 뚫고
일출의 불이 하늘을 태우더니
파스텔 문지르듯 자수정 빛으로
간절곶 파도가 번뜩인다

밤사이 숨겨둔 추억을 열어
가슴 시린 그리움으로
소망 우체통에서 쓴 엽서
바다 갈매기에 배달을 부탁한다

바람 결 포장마차 어묵국에
서성이던 외로움 쏟아붓고
'휘휘' 저어 간 맞추던 길
내 발자국이 화석처럼 굳는다

불꽃에 덴 흔적들을 털어내고
내가 살아야 할 자양을 찾아
사방을 둘러봐도 텅 빈 곳
사막처럼 꽃 한 송이 없었다

하지만,
언젠간 웨딩의 서곡을 듣고
하나가 둘이 될 간절곶이라
오늘도 나는 꽃씨를 뿌린다

2부/
여름 끝자락

하늘을 보며

하늘의 구속을 피할 수 있는가
푸르른 창공을 바라보지 않을 수 있는가
'안드로포스'라고 헬라인은 말했다
인간이 찾는 신들은 각각이지만
하늘을 바라보는 것은 사람이라고

권태와 무위無爲의 복병들이
창•칼을 휘둘러 일상을 파괴하고
빈곤의 삶에 복종할 수밖에 없어도
오늘도 하늘을 바라볼 수 있어
감사하고 감사하다

누군가 그리울 때

시인詩人은 그리움을 말한다
비겁하게 숨거나 도피하지 않는다
심연에서 비등하는 소리를
꾸역꾸역 참지 않아서 좋다

외로움과 고독과 벗하여
한 잔의 술로 설움도 마실 줄 안다
그 누가 위로하지 않아도
스스로 위로하는 비법을 안다

어쩌면 홀로여서 타박 없는 자유다
하늘을 향해 부르짖는
카타르시스 한 줄 써 내려간다

눈물

그대의 볼로 흘러야 할 눈물이
내 가슴으로 흐를 때
비애悲哀의 강을 이룹니다

차마 돌아서지 못할 사연이
뭐 그리 많았는지
발걸음에 납추를 달았나 봅니다

그대는 앞서가는 내 그림자
정녕 비껴갈 수는 없는가

사슴 닮은 눈망울에 고인 빗물
독하지 못해 그치지 못할
헤어짐이 슬픈가 봅니다

쉽지만, 아직도 어려운 말
사랑합니다

등대처럼

바다 끝까지 그리움 비추는
등대처럼 살고 싶어
홀로 서서 살았지만
내 가슴이 어두워 덫이 되었다

창수漲水에 무너지는
파열의 소리
그 누구 하나
붙잡을 수 없는 흔들림

분명 타인인데도
심장을 울렸던 고동 소리
혈관에서 요동치는 유혹
들린다, 멈추지 않을

뫼비우스의 띠처럼
찾지 못할 그림자
주체할 수 없는
이 헤매는 시간이여

멈추지 않는 열차

그 열차는 빛보다 빠르고 멈출 수 없습니다
운행 횟수는 단 한 번, 돌아오지 않고
종착역이 어딘 줄 모르지만
표의 예매는 이미 끝났습니다

교척喬陟의 재를 넘는
우주의 흑암과 같은 긴 터널과
거친 광야의 끝없는 길
폭풍우와 비바람도 거침이 없습니다

승객은 낮과 밤을 동행하고
그 어떤 난관에도
불협화음은 있을 수 없습니다
목적도, 의식도, 사고도 하나여야만 합니다

언제까지 가야 하는지 알 수 없습니다
단지, 열차 안은 사랑만 함께합니다
이 열차를 타시겠습니까
승객은 단 두 명뿐입니다

바늘

송곳이나 칼 보다 더 두렵게
불면의 위협을 당한다
불을 밝히고 대항해 보지만
숨고 피하고 결국 나를 찌른다

가렵다, 웃긴다 그러나 무섭다
이 너른 우주에 티끌도 아닌 네가
이렇게 두려운 존재인 것을

네 앞에 숨지도 못할 연약함으로
뜬 눈으로 밤을 사른다
너 닮은 모기 한 마리 때문에

비 내리는 날

장대비, 너른 창가를 때리더니
파편으로 은빛 그림을 그린다

하얀 수정에 햇살 비추듯
화사한 보석도 만들더니
춤추는 요정도 되고
그리운 사람의 얼굴도 됐다

빗 사이 상념의 숨바꼭질
기약 없는 만남의 환상으로
의미 없는 시간만 흐르다 지친다

갑자기 열병 같은 그리움 앓다
병실 같은 침실을 빠져나와
향 진한 헤이즐넛 한잔에
숙명 같은 몸살을 달랜다

비가 오면

밤새 내리는 장마 빗소리가
나 홀로의 공간에 침입하더니
지나간 회상의 덫을 놓고
그리움을 붓고 외롭게 합니다

불면으로 뒤척이다 추억을 꺼내
천장에 비추고 사진첩 넘기듯
한 장 한 장 아주 천천히
또렷한 당신의 모습과 언어와
숨소리까지 그려냅니다

무수한 시간의 상념 속에 갇혀
허우적거리다 창문을 열고
빗소리에 달아오른 몸을 식힙니다

참 많이도 그리운 사람
수 천년이 지나도 처음처럼
내 가슴에 사랑으로 살아갈 사람
오직 그대뿐인가 보오

사계四季를 훔치다

거친 세상이 두려워
글 숲에 숨었나 보다

별과 달, 야투루 빛
매미의 합창과 낙엽,
백설의 낭만을 훔쳐
숨어든 시객의 애환

사계四季는 칼날처럼
어김없이 추적하고
도망자의 변명처럼
아직도 못다 쓴 시詩

바람의 끝에 매달린
기청祈請없는 방황
무엇을 말하려는가
의미 없는 몇 줄의 노래

사랑하는 마음

사랑하는 마음이
눈에 보인다면 좋겠습니다
가슴 깊이에서라도 꺼내
보여드리고 싶습니다

그 어떤 시련이
사랑을 숨겨 놓았을지라도
반드시 찾아내
보여드리고 싶은 것은

사랑하는 마음은 보석처럼
참 좋은 것이기 때문입니다

사랑함으로

가깝지만 멀고도 멀다
바라만 보다 하얗게 날 세운 밤
또 기다림의 하루를 연다

기다림은 그리움보다 훨씬 지독하다
기다림이 미덕美德인 줄 알았는데
폐부를 긋는 칼 날

아니다, 기다리는 것이 아니라
찾아가는 것이 숙명이었을지도 몰라
늪 같은 일상,
부끄럽지 않게 달아나 보자

세월 앞에

한가하게 느릿한 여유로
시간에 새치기당한 세월,
자라목 되어 추억만
곱씹는 늙은 자화상

주름진 거울 앞에서
황혼을 두려워하다
마지막 힘을 쏟아
희망의 시간을 좇는다

이유 없는 행복은 사랑이라
식어가는 그리움의 공간에
마지막 불태울 열정으로
단 한 번의 기회를 붙든다

마지막까지 남은 낙엽이
더 아름다운 것은
세월로 익었기 때문이다
그대, 따뜻한 가슴처럼

야영野營의 밤

세상의 이치理致가 물결처럼
잔잔하게 요동치는 숲
생명에 활기를 불러일으키듯
살아있는 것을 향수享受하며
닫힌 가슴을 열어 봅니다

풀벌레와 바람소리
그 미묘한 화음, 숲의 울림이
그 어떤 협주곡과 현악 4중주
모차르트의 5중주 일지라도
흉내 낼 수 없는 이 새벽,

조용하게 흐르는 계곡의 물이
피아노 안단테 선율 같고
바닷가 파도처럼 단조롭다가
소나타가 되기도 합니다

쉼 없이 부르는 치유의 노래
신비한 자연의 감미로움이
새로운 창조의 장르 같습니다
주홍빛 운무, 여명의 빛
황홀한 이 새벽의 신비를
누가 알까 여기가 에덴입니다

그러나 아쉬운 것은
어찌 이 아름다운 세상에
아담만 있는가

여름 끝자락

거칠고 무성한 나뭇가지들
몽당연필 만들 듯 자르다가
그리움 몽땅 끌어안고
그늘 한쪽에 앉아
막걸리 한 잔 들이켜는 맛

세상에 나 혼자 있는 듯
살짝 왔다가는 외로움

여전히 뜨거운 한낮의
열기는 식을 줄 모르고
잘라 논 나뭇가지에
곧 불이라도 붙일 듯
그렇게 여름의 끝자락은
마지막 무더위에
몸부림치나 봅니다.

여수항의 아침

잿빛 구름 하늘의 잔치
안개 빗살 차가운 아침

바다 빛이 몰고 오는 그리움
스치는 그리움으로 흘리는 눈물은
배부른 놈의 사치라 생각했건만
숙명 같은 외로움으로 눈물을 마신다

사라질 듯 보이는 끊임없는 유혹
너를 위해 시를 쓰지 않곤 견딜 수 없는
그리움 몰고 오는 여수항의 아침

연정戀情

하늘이 바다인지
바다가 하늘인지
파도가 수채화 되어
가슴 시린 그림이 된다

숙명의 곁눈질로만
말하지 못할 그리움 안고
녹록지 않을 빗장 안에서
너를 바라만 본다

'컥컥' 우렛소리처럼
쇠기침 끓어올라
괭이잠 속에서 본 얼굴
분칠 한 하얀 미소

입술을 잘근거리며
허공에 부서지는
사랑한다는 말
곱씹던 세월은 흐른다

자화상

가시밭 세월 되돌아볼 여유 없어
내일만 바라보던 젊음이 언제던가
삭풍에 웅크리는 미동 없는 몸부림
마른 몸뚱이가 골목길을 휘어 돈다

인생이 겨울이니 머리에 내린 서릿발
격동을 지나온 풍상의 흔적
한 치의 앞도 내 것이 아님을 깨닫기까지
반백 년 보내버린 주름진 세월아

장맛비에 띄우는 연서

하늘에 구멍이 뚫렸나 보다
억센 비, 밤 새 그칠 줄 모르니
가슴의 둑이 무너지고
머릿속은 혼돈이다

마음은 피륙인데 잘라야 한다면
살 오려내는 아픔으로 보내야 한다
기다림 없는 막연한 그리움은
사랑이 아니라 많이 슬픈 것이다

이별 없는 삶은 없다지만
아프게 돌아서진 말아야지

그리움과 기다림, 보고 싶다는 것은
사랑이 아니라 빙산의 일각일 뿐
잊을 수 없을 때 잊어야 하는
독배의 잔을 스스로 드는 것이다

흐르는 빗물에 보태는 그리움
아주 멀리 더 넓은 곳으로
꿈을 안겨줄 맑은 하늘을 찾아
행복 나라의 꽃이 되어라

질투

사랑한다는 은밀한 비밀 하나
오직, 당신이기 때문입니다

찬란한 빛으로 요술을
부리는 요정처럼
숨 막히게 멋진 유혹

아직은 고이 숨겨두고
빛바래지 않게 간직하고 싶습니다

쉿, 보물이어서
그 누구도 알 수 없게
숨겨 두고 싶네요

촛대바위

일출 안고 솟은 바위
어쩌다 홀로 인가
수천 년 기다림의 흔적인가
바람에 넘어질 듯 외롭다
무수한 유혹의 손짓에도
올올한 기암의 신비
오직 한 곳만 바라보다
지쳐 쓰러질 까 안쓰럽다

유유하듯 하지만
범접하기 어려운 가경佳景
이 세상 떠난다 한들
잊히지 않을 고고함
바다 해가 살아있듯
낙양落陽도 머물다 가는
그림자가 굼닐다
영원한 생명의 바위여

타인他人

이유나 조건 없이 자유로 날고 싶을 때
무정한 밤을 딛고 홀로 서서
그리움에 서성이는 그림자가 된다

순백했던 그 동행의 꿈
허공에 빗금 긋는 회상의 미소
파우스트로 사는가 죽는 것인가

이제 정녕 건널 수 없는가
통한의 세월만 무심하다

퇴근길

전선줄이 엉켜있는 골목
감귤빛 가로등 불빛사이
이슬비가 빗금 치듯
포말 되어 튀긴다

비상구도 없을 듯 한
삭막한 마천루 사잇길
그 오르막길이 가파른데
아직도 몇 고비는 남았다

전장戰場의 숨 가쁜 일상
마지막 남았던 택배 박스도
무게가 천근이던 그의 손에
소주 한 병도 무겁다

숱한 세월이 만들어 낸
미간의 주름에 빗물 고이고
술 취한 듯 엉클어진 생각,
내 빈집에서 눕고 만 싶다

포구浦口에서

‘통 통 통’ 정말 통통선이다
태엽 감은 장난감처럼 갸우뚱
비명 지르는 쪽배의 출항
만선을 기대하는 수부들은
영원히 돌아오지 않을 것처럼
거칠게 손을 흔든다

괭이갈매기의 금속성 울음소리
‘쐐애액’하며 비상한다
건드리면 터질 듯 맑던 하늘이
자줏빛 칠한 수채화 같은 낙조다

보일 듯 사라지는 배
임 떠난 포구의 이별처럼
선착장에 ‘쾡’한 바람이 분다

허물

태풍이 온다더니 빗살이 세차고
덜컹거리는 창문이 시끄러워 보니
잠금장치가 배죽이 열려
바람이 칼날같이 빗금을 긋는다

대낮인데 한밤중같이
악마 같은 검은 구름이 깔려
연구실이 텅 빈 외딴집 같아
홀로라는 외로움을 견딜 수 없다

무기력한 몸으로 창밖을 보면
수평선 끝에서 밀려오는 파도가
밀물처럼 밀려와 나를 덮을 것 같아
두렵고 떨림으로 몸을 숨긴다

그 누구도 알지 못할 은밀한 허물이
검은 그림자처럼 나를 몰아세우면
숙명처럼 저지른 죗값을 알아
새로운 탄생을 위해 몸부림친다

회상

벽시계의 초침 소리가
깊은 산사의 목탁소리 같이
정적을 깨트린다

미명의 산들바람에
나뭇잎처럼 나부끼는
허공 위의 생각들

오랜 시간의 긴 여정,
그 정점에서 멈춘 꿈 하나
시간을 역행하는
자유로운 영혼으로
살 수 있다면 얼마나 좋을까

꿈속 같이 아름답던
추억의 세상으로
되돌아갈 수 있다면 좋겠다

회한

가식의 웃음으로
세월을 포장하며
살았는지 모른다

톱날처럼 가시 돋친
종착지 없는 무한의 길
행복으로 위장한 채
쉴 틈 없이 걸었나 보다

무너지는 삶의 틈새로
스며드는 쓰라린 고독
사랑할 수 없는 사랑으로
아픔까지 감췄나 보다

마지막 한 번,
황혼의 빛으로 온 사람
가식의 탈을 벗고
그대를 맞고 싶다

희망

여명에 꽃잎 여는 나팔꽃 한 송이가
등 굽어 지쳐가는 쓰러질 세월 앞에
희망의 전령사처럼 기쁨으로 피었다

어두운 터널 지나 밝은 빛 바라보듯
야생화 생명처럼 한 번 더 일어서길
꽃처럼 살 수 있다면 추하지는 않겠다

구속

사방이 벽이다
가끔은 율례의 틀에서
자유하고 싶지만
허공에서도 사슬이
손, 발을 묶는다

역시 세상은 감옥이다
궁핍으로 텅 빈
삶의 언저리마다
빛이 사라진다

본향이 어디던가
온유하던 눈빛으로
나를 기대하던 손길들
아직도 그대로일까

한 번만 더 날고 싶다
담장 너머 햇볕 아래
청 푸른 하늘에 가슴을 열고
가시밭길이라도 걷고 싶다

그대, 떠나야 한다면

잠에서 깨어난 듯 명료해지는 의식
탈수된 빨래처럼 구겨진 욕정
가슴의 빈자리가 혈징처럼 아프다

별이 떴을까 블라인드를 젖히니
운무에 덮인 어두운 틈새로
황금 달빛이 비처럼 쏟아진다
꿈결의 빛깔이다

떠난다는 것은 슬프다
많이 그립다는 것도 안다

만나서는 가득 찬 행복으로
헤어질 땐 비우는 넉넉함으로
욕망 앞에 진정 자유로워질 수 있으려면
얼마만큼의 인생 수련이 더 필요할까

그대, 떠나야 하는데
싸구려가 아닌 사랑
채움을 위해 비우는 미학
곱디곱게 보내야 하는데

그리움 앞에

돌아보면 역사처럼
남겨진 삶의 흔적들이
익숙해진 걸음으로
의미의 빛을 잃고

잉크빛처럼 얼룩진
과거에 침묵할 뿐
기억에 회자될 만한
아름다움은 없었다
숨 가빴던 산고産苦의 세월
침묵에서 달아날 수는 없는가

정녕, 황혼이라도
새롭게 바라볼 수 있다면,
한 번쯤은 있어야 할
그리움이면 좋겠다

길손

어두움의 옷을 벗고
새벽이 기지개를 켜면
배죽이 뚫린 봉창 틈 사이
생동의 빛, 소리들의 유혹

사계四季가 멈춘 듯
영원의 시간은 더디고
물소리만 지축을 흔든다

동편의 해 오름이
중천에 머물 때까지
산사의 늦은 봄은 하품을 한다

아직도 나는 게으르게
외로움의 이불을 덮고 있다
아무도 아무것도 없다

꽃처럼

꽃처럼 피어나기를
화사함과 향으로,
가시밭에서도 백합처럼
순결과 겸손함으로

순백에 핏빛 물들어도
조각구름 스러지듯
바람꽃이 되지 않기를
이대로 고이 그대로이길

하나둘씩 잃어가는
세월의 의식이 아쉬워
파상의 나래짓으로
낯선 시간을 여행한다

사랑의 애환 담아
눈물짓던 수많은 독백,
가슴 아린 그 이야기가
꽃으로 피어나기를

낙화落花

여명에 꽃잎을 여는
나팔꽃처럼 그렇게
기쁨으로 온 사람

등 굽은 쇠잔함으로
지쳐 쓰러질 세월 앞에
희망의 전령사로 온
아프로디테처럼
더 살아야 할 의미

터널을 지나 빛을 보듯
잃어버린 나이지만
한 번만 더 피어나는
꽃으로 살 수 있다면

내일

보이지 않는 것들과
들리지 않는 것들을
보고 들을 수 있다면
얼마나 좋을까

등 굽은 쇠잔함으로
지쳐 쓰러진 세월 앞에
비등하는 가슴을 열어
칼로 쓴 망향의 시詩

풍요의 전령사로 온
아프로디테처럼
적막과 어둠을 걷어내고
일출의 빛을 보리라

다시 올 내일을 위해
한 번만 더 날자
희망을 틔우는 영혼으로
황혼은 꿈을 피운다

3부/
가을 앓이

평화

빠르지도 느리지도 않게
소리 없이 허공을 나르는
부드러운 창공의 춤꾼
그 나래짓이 하얗다

꿈꾸듯 나풀거리며
가식 없는 정경情景을
조화롭게 채색하듯
평화를 스케치한다

순백의 천사처럼
곡선의 유희로
지친 영혼 쉬게 하는
나르는 신비의 쉼터

방황한 듯하나 자유하며
길 잃은 듯 하나
저 맑은 숲 어디엔가
찾아갈 곳 있을게다

가을 앓이

가을을 앓는 비밀의 소리가
먹잇감을 찾아 번뜩이는
늑대의 눈빛처럼
이글거리며 타올랐다

여기저기 핏빛이 튀는
낙엽 뒹구는 스산한 세월이
더딘 초침 가는 것처럼
긴긴밤을 앓게 한다

그리운 회상의 증상들이
말할 수 없게 악화되어
밤 기슭을 뒹굴게 하고
별빛 내리는 것도
칼날 스치는 아픔일 뿐
무딘 감각으로 죽었다

그러나 탐욕의 본능은
죽지 않고 꿈틀거린다

가을 어귀에서

여름의 끝자락도 소리 없이 밀려가고
가을을 만나는 갈맷빛, 시인들의 아우성

술 취해 불그스레할 잎새의 잔치와
드높은 하늘에서 파도치는 흰구름
애드벌룬처럼 하늘 끝까지 닿을 듯
그리움 찾아 떠나는
역마살 낀 방랑자의 계절

아슴아슴 찾아오는 사랑하기 좋은 날
백합 향기와 함께 오는 가을입니다

가을날

울긋불긋 천연색으로
절정이 비등하여 끓는 날
가슴까지 뜨거워지는
열정이 그리움이다

오색 융단 깔아 놓은 듯
발에 밟히는 마른 소리,
크레셴도를 지휘하는
소슬바람에 코 끝이 시리다

고독이 뚝뚝 떨어지면
늙은 나무의 푸르름을
언제까지 볼 수 있겠냐고
시인들은 허무를 말한다

가을만 그런 것은 아니다
새털구름 사이 한줄기 햇살
농익은 열정으로 살아가던
하늘 보던 사람들도 그렇다

가을날의 고백

잃어버린 청춘이
핏빛 노을에 걸렸다
우매한 지난 세월
돌아갈 수 없는 강을 건너

맺지 못할 인연
소쩍새 울어대듯
아픈 그리움이
밤새워 뒤척인다

어이하랴
뒤안길의 노래여
폐부를 도려내고
망각의 세월을 살랴

잃었어도 잊지 못할
끓는, 침묵의 언어
아직도 말하지 못할
가을은 또 그렇게 간다

갈증

길손에겐 외로움이 벗이지만
그리움으로 목 축일 수 있다면 족하다

목이 탄다 갈증이다

보이지도 잡히지도 않는
그리움의 잔, 더듬거린다
결국 홀로 목마르는가
그리움이 기다림이 되면 얼마나 좋을까

검투사

검투사의 손에는 칼이 없었다
세월의 날카로운 이빨과 무쇠도 자를 듯
발톱을 세워 포획을 노리는 이글거리는 시선
거꾸로 흐르는 시간 속에서 무릎을 꿇고
칼을 놓친 후회로 잔인한 처형을 기다리는
억울한 통곡이 가슴에서 끓어오르지만

아직은 늦지 않은 시간
내가 살아야 할 이유가 있어
포악의 굴레를 노려보다가
한 번쯤, 탈출을 시도하고 싶은 것이다

격동의 시간 속에 잃었던
그리운 그대의 이름으로
입술을 잘근거리는 나신裸身의 싸움
이제, 내가 세월을 갉아야겠다

되돌아보면, 아직은 흡반처럼 붙어
모질게 살만한 세상이다
내 혈관이 터질 듯 살아 뛰는 것은
그대가 내 곁에 존재하기 때문이다

과수果樹의 여인처럼

사과를 따는 사람처럼
그대는 사과를 닮았으리라

상큼한 향을 풍겨대는
웃음 숨긴 미소가 붉어
가슴을 설레게도 합니다

굴곡 심한 시련을 딛고
주렁진 풍요의 결실로
한 아름 행복을 나르는
바람 같은 전령사 되어
내 곁에 다가와 주오

보일 듯 가련함도 숨긴
인동忍冬의 절개처럼
굳은 땅 헤집고 솟는
생명이 되어 영원하리라

사랑하는 사람아

낙엽

나르는 새인가 나비인가
하늘에서 내려와
염원을 빚는 몸짓
영혼, 그 혼불의 춤

고운 빛깔 그리움의 몸짓
사뿐사뿐 숨 막히고
시간을 사르듯 초연함으로
피안의 억겁에 가두고 만다

세상사 시름 안고 돌고 돌아
홀로 가는 인생길
외롭지 않게 붉게 단장했나

하늬바람에 그네 타듯
바람보다 가볍게
하늘무대 요정이니
사내 가슴 애간장 녹는다

느보산에서

여호와께서 아브라함과 이삭과
야곱에게 주시겠다고 약속한
젖과 꿀이 흐르는 땅, 가나안

이 땅의 정복을 위해
불평불만의 이스라엘 백성을 이끌고
불 뱀이 득실거리던 광야,
사막의 열풍과 시베리아 추위 속에
사람이 살 수 없는 광야에서
40년을 유리遊離하다
드디어 느보산 정상에 서서
가나안을 바라보았던 모세

길르앗에서 '단'까지
지중해와 유다의 모든 땅과
남쪽 광야의 네게브와
여리고의 골짜기에서 소알까지

젖과 꿀이 흐르는 풍요를 바라만 보다
하나님의 부르심을 받은 모세

하나님!
내가 비록 메뚜기 같을지언정
믿음으로 저 땅을 끝까지 정복할 수 있는
여호수아 같은 믿음을 주시옵소서

단풍

불났다
화염의 파편이 사방을 튄다
가을 전장戰場의 핏빛이
우수수 하늘을 덮었다

태양이 녹아들 듯 시뻘건 천지 아래
머뭇거리다 또 한 번,
떠나야 할 때를 놓치는 실수

그 절절했던 그리움
불처럼 뜨겁던 나를 떠난
배반의 파시즘, 의례儀禮처럼 스친다

잠시도 머물지 않는 욕망
낙엽의 언어로 애간장 태우다가
번뇌의 잔을 마신다

대변항

새털구름이 하늘에 깔린 날
햇살에 부서지는 은빛 물결 흰 포말
작은 어선 머리 위로 유영하는
갈매기 떼의 억센 비명

하늘과 바다가 맞닿은 수평선까지
에메랄드빛, 영원의 바다
활처럼 휘어 도는 대변항은
아낙의 가슴처럼 포근하다

헉헉대는 역조의 새벽녘 출항
살아서 펄떡거리는 멸치잡이
팔뚝만 한 생선들의 비릿한 냄새들도
뱃머리에 좌판 벌인 구릿빛 수부들의
날렵한 칼 솜씨에 횟감이 되면
군침 도는 막소주에 담백한 맛

어느새 노을 지는 그림 같은 포구

등대

파도 위에 춤추는 등대 빛
적막한 어둠을 밝히고
부서지는 그 회한의 반추
그대를 향해 빛을 내고 싶다

시린 가을이 흘러가듯
가슴을 쓸고 가는 못다 한 사랑
그대는 어느 하늘 아래 있는가

오직 그대만을 위해
몸 사르는 휘황한 생명
격동으로 지나가는 흔적
적막한 몸부림으로 앓는다

아타락시아로만 존재하는 상념
부서지는 파도에 춤을 출 뿐이다

만남과 헤어짐 앞에

꿈의 빛깔들이 산마루를 덮었다
환영幻影을 채색하듯
달빛이 흡사 비 오듯 쏟아졌다

얼마만큼의 시간이 흘렀을까
잠에서 깨어난 듯 명료해지는 의식
그대 보낸 가슴의 빈자리가
혈징처럼 많이 아프다

만나자는 약속이 없어도
의연하게 보낼 수는 없을까
욕망 앞에 진정 자유로워지려면
얼마만큼의 인생 수련이 더 필요할까

가슴속 이 그리움을 누가 알까
상사화가 핏빛으로 피는 이유를

바람 부는 날

바람이 불면
날개를 단 추억이
시간의 장벽을 넘어
지금에 와닿는다

날 선 칼바람이
가슴까지 후벼대던 날
어둠에 빛으로 찾아와
넌지시 위로를 준 사람

모진 세월의 틈사이
그 하얀 웃음으로
이미 닳아져 지친
몸뚱이를 살게 한다

삶은 날개를 달았는지
비상하는 꿈으로
잃어버린 인생이
한 번 더 하늘을 난다

바람의 친구

모두가 바람의 친구였다
거친 가식이 진실처럼 다가와
썰물처럼 쓸고 간 마음 밭에
외로움의 흔적만 남겨졌다

남다른 사람의 냄새가
그대였던가
단정한 모습이 이유 없이 좋았다

가슴 깊은 의식의 바닥에
오래전 잃어버린 욕정이 살아
까닭 없는 그리움의 그 의미를
숨겨두기엔 슬픈 날들이다

눈으로, 가슴으로 말하고 싶지만
하지만 그대 역시
또다시 떠나는 바람의 친구,
그렇게 가슴을 비워야만 하는
스쳐 지나가는 인연이 아니길

바람처럼

바람은 홀로이다
가슴 후비는 칼바람이
덩그렇게 누운
홀로인 사람을 삼킨다

이별은 바람처럼 온다

그 고뇌가 구르는
차디찬 요람의 빈 곳
돌아오지 않을 사람에게
카타르시스로 쉬어간다

빛으로 소금으로

작은 빛 하나로 세상이
밝아질 수 있다면
촛불이 되리라

소금으로 부패하지 않는
나라가 된다면 나는
기꺼이 소금이 되리라

조금 손해가 되어도
누구에게 유익이 되면
그 길을 가리라

사랑은 희생이라
주 예수 그리스도를 닮은
축복의 통로가 되고 싶다

사랑받음으로

나를 사랑해 주는 사람이 있다는 것은
참 행복한 일입니다.
내 아집과 이기와 위선까지도
사랑한다는 것은 나를 살맛 나게 합니다

많고 많은 잘못과 방종까지,
더러운 허물을 말없이 덮어주는 한계 없는 사랑

이 음습淫褺한 세상의
어두운 절망에서도 끝날까지
나를 사랑하시는 오직 한 분,
주 예수 그리스도이십니다

사랑의 정의

사랑은 오래 참는 것
온유하고 시기하지 않고
자랑하지 않고 교만하지 않는 것

행함이 무례하지 않고
내 유익을 구하지 않으며
화내지 않고
악한 것은 생각지도 말고

불의를 기뻐하지 말고
진리와 함께 기뻐하고
모든 것을 참고, 믿으며
바라고 견디는 것(고전 13장 편집)

그러므로
진정한 사랑에는
내가 없는 것이다

▶ ─좀 생각

사랑한다는 말

사랑하고 싶은 사람에게
사랑한다는 말을 들었을 때
그 희열을 아시나요
끝내 이루지 못할
바람 같은 사랑일지라도

내가 가슴 열어 사랑한 사람
나는 당신의 마리오네트
돌아서지 못할 연정의 포로

산골에서

사방이 어두워질 때
산골은 외롭기도 하다
가끔씩 허무로 옴싹 하여
시름으로 초라하지만
지나온 시간들을 딛고
홀로의 자유를 느끼고 싶다

격한 감동의 추억들을
반추하는 일상으로
무위無爲한 시간을
거스르며 은회색에
덧칠하여 푸른빛을 띠는
그런 감성으로 살고 싶다

산사山寺에서

산마루 층층 오색물감 뿌려진 듯
푸르던 신록이 자줏빛 화장을 한다
하늘은 투명하여
숨은 죄 드러날까 고개 숙인 채

임 그리워 찾아온 이름 모를 산사에
차양처럼 드리워진 노을의 잔치
화사한 유혹으로 나를 불러
오르가슴 흔든다

텅 빈 골짜기에 노을이 지면
산사는 먹물처럼 옷을 입는다
어둠이 오면 음험한 생각,
유곽의 신음처럼 바람은 불고
갈 곳 없어 서성이는
스님 닮은 그림자가 방황을 한다

외로움의 이 자리에서
행복까지 닿는 다면
몇 번의 가을이 와야만 할까

상사화

님 떠난 길
바라만 보다
꽃이 되었나

울다 지친 모습
부끄러워
붉은 꽃이 되었나

기약 없는 그리움,
이내 심정 그리려
찢긴 꽃 되었나
그리움에 목메어
상사화 인가

세월은 흐르는데

덧없는 이념의 탈을 벗고
순수로 돌아서는 순응의 덫
인생이 다 그렇듯 구김살 사이
부패한 냄새만 풍길뿐이다

결국, 시간은 꽃도 늙게 하더니
심심파적 하릴없이 서성대는
노인네의 얼굴에 생채기 내고
한숨 싣고 떠나는 인생 나룻길

커피 향 같던 구수한 시절
꼬깃꼬깃 가슴에 욱여 쑤셔 넣고
주무르듯 만지고 싶은 시간은 간다
돌아올 줄 모르는 나그네 여정
누구나 그렇게 가는 것을
기다림에 목마른 한 잔의 술

소슬바람

나뭇잎 스치는 바람소리
물질 해녀의 숨비소리처럼
깊은 산중山中이 바다가 됐다
거친 구름, 썰물에 드러나는
뻘밭처럼 누런 갈빛이다

산등성이 안개구름 포말이
가슴에 박힌 옹이처럼
쉬 사라지지 않을 겹의 성城
하늘로 가는 첩경이다

가슴에 떨어지는 소리
그리움의 소리들이
가을을 끓인다
잎새는 붉게 데워지고

이질異質의 세월 앞에
무뎌진 질곡의 흔적들이
바람에 풍화되어
나는 시간을 견뎌낸다

이별 단상斷想

새벽녘 벽시계의 초침소리
불만을 토로하는 소리처럼 크다
사모思慕의 욕정을 잊고 싶어
통한의 밤을 침묵한다

'끅끅' 끓어오르는 오기로
연정戀情의 벽을 긁는 분노
밤을 잊을 망각의 늪은 깊다

불러도 대답 없는 사람이여
덜렁 몸통 하나 뉘일 침상이 넓다

천국天國

방황하던 넋,
그 긴 세월을 끝내고
가야 할 길이 보이는 것은
행복한 마무리다

아직은 사막이지만
오아시스가 보여서
영혼의 갈증을 달랜다

칼끝으로 쓴 시詩
이제야 온유한 펜을 든다
가야 할 길이 있다는 것은
가시밭길도 평안이다

설령 신기루라도
후회는 없다
나는 분명 그 길을
보았기 때문이다

항변抗卞의 자유

침묵으로 숙엄했던
굴레를 벗어나
무질서에서 질서를 찾는
포퓰리스트처럼
목청 돋우는 항변의 자유

드높은 창공을 향한
앨버트로스가 날개 편 듯
낙하 없는 비행으로
다른 세상을 질속 한다

베네치아 곤돌라에
세상 잃은 지친 몸을 싣고
무지갯빛 구름을 걷듯
요람처럼 포근한 휴식

절망처럼 암담하고
어둡던 땅 위에서
얼마나 오랜 세월을
갸우뚱거렸던가

돌아갈 수 없다 한 들
정녕 후회 없는 비상
그 품 안의 정박을 위해
내 날개를 접으리라

일향一香 **오문식** 시집

4부/
겨울꽃

회개

'스스스' 찬바람에 낙엽 구르는 소리
황토 바닥에 인생이 떨어지는 소리다

죽음과 무관하게 살아온
그 오랜 시간은 어디로 가고
청명한 하늘과 바람소리와
숨 쉬는 것만으로도 감사한 것은
죽음이 두려워서가 아니라
회개해야 할 일이 너무 많아서이다

부끄러움 없는 삶을 얼마나 살았을까
회상回想이 두려운 것은
죗값은 사망이기 때문이다

가식과 탐욕과 위선의 탈을 벗자
십자가로 죽는 것이 사는 것임을
뒤늦게나마 통한의 벽에 기대어
간절함으로 무릎 꿇는다

나의 기도

늘 형체 없이 다가와
내가 원하는 것보다
더 좋은 것으로 주시려는
당신의 음성을 듣게 하소서

날마다 어두운 죄과罪科앞에
끊임없이 방황하지만
말 없는 미소로 용서하시는
당신의 부르심을 깨닫게 하소서

주님이 구주救主되심을
믿는 마음만으로
그 진리 앞에 구속되어
참 회개가 있게 하시고

혼돈과 타락의 세상에서
진리가 자유 되어
누리가 하나님의 영광으로
넘쳐나게 하소서

내가 가는 길

마지막까지 미루던 가을걷이 끝나고
그 황량한 들녘에 무서리 내렸다
도랑 따라 산山 오르는 길목에
불빛처럼 빨간 까치밥 영글었다

청자빛 하늘 높은 이런 날
햇살은 진주처럼 쏟아지고
속살까지 보일 듯 투명한 계곡에
더럽혀진 영혼을 씻고 싶다

물살 위로 흐르는 낙엽 따라가다 보면
어느새 가식의 껍질을 다 벗고
세상을 향한 원망보다 감사함으로
세속의 시름 잊고 죽었던 의식이 살아난다

내가 가야 할 길을 이제는 알았다
감사하다
감사하다
내가 살아있음이.....

네모난 세상

사방이 끝이다
돌고 돌아도 낭떠러지
갈 곳 없는 나그네가 부르는
찬바람 부는 언덕의 노래

홀로 선 그림자와 함께
그는 세상의 끝에 서 있다
이제야 도착한 순례의 걸음은
가시밭을 걸어온 핏빛 자국이다

그 누가 알까
세상은 네모인 것을
오직 필요한 것은 날개를 펴고
한 번만 더 날고 싶다는 것

차라리 목책 안에 갇혀
둥근 세상 바라보았던 좋았던 세월
과거로의 회귀를 꿈꾸는 방랑
가도 가도 끝은 벼랑인 것을

늪

채워도 채워지지 않는
영원히 채울 수 없는
가슴에 채워진 질곡桎梏,
갈증의 늪에 빠진다

'하나' 다음에 '둘'이듯
돌고 돌아도 제자리,
본능은 쉬지 않는 초침
무한을 달리는 그 욕망

무엇이 이렇게 무거운가
널브러진 생각의 끝에
가시 채찍을 휘두르는
침묵자의 계시가 요란하다

바벨탑의 끝은 어디인가
시간을 역행할 순 없을까
태초의 음성을 듣는
에덴의 처음처럼

백발

가시밭길 밟던 세월
되돌아볼 여유 없어
내일만 바라보던
젊음이 언제던가

한 치의 앞도
내 것이 아님을
깨닫기까지,
반백 년 보낸 세월

삭풍에 웅크리는
미동 없는 몸부림
메마른 몸뚱이가
골목길을 휘어 돈다

인생이 겨울이니
머리에 내린 서릿발
격동을 지나온
풍상의 흔적

별장일기別莊日記

산중山中의 창을 열고
첩의 산등성이에 갇혀
외로움마저 잊을
화신花神의 춤사위를 본다

적막의 신비를 아는가
스치는 바람결에
갓, 눈꽃의 옷을 벗는
나목의 푸르른 생명을

그대 잊어버린
침묵의 세월 속에
소롯이 온
휘파람새의 유혹

풍경이 왱강대는
산사山寺의 미명
날마다 살아야 할
홀로 가는 이 길

사명使命

가슴 밑바닥에서
턱밑까지 끓어오르는
그리움을 잘게 부숴
바닥에 뿌려 밟는 길

흙먼지, 거친 바람
스올의 자양滋養처럼
폐허를 몰고 오는
어둠 내리는 곳

악함의 올무에 갇혀
저주의 통곡이 피 뿌리듯
사방의 신음이 들리는가
정녕 이 땅에서 부르시는가

복음의 빚을 갚아야 할 사명
죽으면 죽으리라
돌밭, 가시밭길 일지언정
어찌 주님 가신 길에 비하랴

선교사

이방인 중의 이방인
머무를 수 없어 빛 뿌린 들
앙망의 노래로 흩어질 뿐
원주原住의 빛보다 나으랴

가는 걸음 질곡 진 가슴
그 땅 사랑하는 아픔이여
여기에 멈춰진 숙명으로
통곡의 가시관을 쓰지만

오직, 그대를 사모하여
핏빛으로 얼룩진 흔적
바늘 채찍 휘둘러도
들으라! 하늘의 소리

죽어서도 불멸할 꽃
그 땅을 사랑하노라
그래서 떠날 수 없는
아파테이아의 그 빛

섬, 그리고 낙화落花

젖빛 새털구름이 낮게 떠
비상하는 갈매기를 품는다

푸르다 못해 시린 바다는
오동도를 삼킬 듯 만조滿潮다

꽃샘바람 매서운 시샘인가
엄동설한에 꽃망울 터트린
진홍빛 동백이 '뚝뚝' 떨어진다
아직, 시들기 전 화려함 그대로

고운 빛깔 아프게 떨어지는
추하지 않은 낙화落花처럼
내 인생도 시들기 전
향내 나게 잠든다면 좋겠다

소유욕

사랑은 소유가 아니어서
미움도, 슬픔도, 억울함도
시기, 질투, 원망으로 아파도
내려놓아야 하는가 보다
내 것이 아니기 때문이다

소유로 착각하니 탐욕이 되고
금이 가고 상처가 남고
떠나게 되는가 보다

사랑에는 내가 없는 것이라 했다
원수도 사랑할 만큼
철저히 나를 버려야 한단다

좀 더 넉넉함으로
조금 더 여유로움으로
이유 없이 그대를 바라보자
그냥 바라만 볼 뿐이다
내 생각은 없는 것이다

그래서, 너는 무작정 자유다
너는 내 것이 아니기 때문이다
빈 마음으로 사랑할 뿐이다

씨앗

화상火傷으로 숯덩이가 되었어도
죽지 못한 친구가 말했다
여기는 오지 말라고
물 한 방울 손에 찍어
떨어뜨려 줄 수 없냐고
함성 같은 절규
그 살갗이 뚝뚝 떨어진다

어찌하랴
가로막힌 벽
죄罪로 눈과 귀가 막혀
보고 들을 수 없으니

말씀의 씨앗
끊임없이 뿌리지만
가뭄과 기근이 멈추지 않는 것을
어쩌란 말인가

어둠에서 빛으로

미간에 주름 고인 세월의 아픈 흔적
어두운 그림자를 정복한 함성으로
욕망의 전령사처럼 가파른 길 오른다

무엇이 무거운가 한 번 더 메어지고
숨 가쁜 일상으로 끈질긴 꿈을 꾸자
위기는 기회이다 어둠에서 빛으로

어떤 사람

고독한 흔적
밤을 태우는 꺼지지 않는 불꽃
탐욕으로 가슴 찢는 타르튀프의 노래

시작과 끝을 알 수 없는 아픔의 부피
풍요와 빈곤의 사랑을 담은 가슴
침묵의 무게를 견디지 못해 토하는 정욕
알 수 없는 하나, 그 비밀의 문을 열어보자

그는 소리 없이 문을 두드린다
영원한 타인인데 바람처럼 왔다

어둠의 의미에서 곡예사처럼
세찬 바람 곁의 골목길을 휘돌아
얼굴도 숨긴 채 가슴으로 왔다 간다

연모戀慕

님 향한 연모의 정이
행여 끊어질까 두려운 밤이다

딱딱한 껍데기에 덮인
갑충이 기는 것처럼 뒹굴 거리는
침상의 부대낌은 날개 없이 추락하는,
몽상에서나 가능한 내 처지의 사랑이
연정으로 끝날 것 같은 위기가 가슴에서
칼바람을 일으키고 있기 때문이다

빗줄기는 날 선 검처럼
허공에 빗금을 그어대며
공포로 창문을 두들긴다

어두움에 희끗거리는 것이
흡사 떼어내지 못할 흡판으로
몸뚱이의 일부를 뜯어내려는 듯
흔적도 없이 아프게 한다

가만히 있는다는 것은
가슴 깊게 골 페인 상처 위에
포르말린을 부어 대듯
고통이 비등하는 정지된 아픔이다

보고 싶다 그리고 많이 그립다
밤은 내 몸에 깊은 화상을 입히고
시침을 뚝 떼고 저만치 도망간다

무제

청자빛 하늘도
메타세콰이어 잎처럼
곧 노을을 닮겠지

시간은 야속하지만
또 내일은
희망의 빛이 비출거야

욕망

누군가를 기다린다는 것은
또 다른 시작을 의미한다
살아서 꿈틀거리는
육신의 욕망을 보면 안다

널브러진 생각의 주검들이
부석거리며 일어나
어둠에서 빛으로
슬금슬금 기어 나와
살고 싶다는 강박으로
또 다른 세상을 바라본다

오직 하나, 그리움 향한
절절함으로 일어나
미지의 퍼즐을 꿰맞추듯
돌아서지 못할 길을 걷는다

유혹

가느라한 겨울 햇살
꼬불꼬불 담홍색 오솔길 따라
묵묵히 지탱하던
마지막 잎새마저
사각대며 밟히는
산중山中의 한 낮이 좋다

침묵으로 만드는
생각의 발판이다

그리움과 기다림이 공존하는
바람의 서신을 쓴다

유난히 그대 가슴에
파고들고 싶은 동심으로
생각의 캔버스에
따뜻한 에덴을 그린다

은혜

오직 주 만이 나의 위로자이시니
죄로 찢겨 어둡고 곤고한
내 영혼이 부르짖을 때
긍휼을 베풀지 않으시랴

내 의義로만 살았던 세상
가시밭길 돌아보니
여호와 인자하심으로
깨달으니 평안이로라

그의 채찍은 선하심이도다
감사하리로다
고난에서도 오직
여호와를 찬양하리이다

응답

사방이 가로막혀 깜깜할 때
비로소 눈이 열려 주님을
바라볼 수 있었습니다

모든 사람이 귀를 닫고
나의 말을 들어주지 않을 때
주님은 나의 작은 신음까지
듣고 계심을 알았습니다

그 어떤 누구도
내 편이 되어 주지 않을 때
주님은 손을 내밀어
나를 잡아 주셨습니다

그것을 알았기에
희망이 없을 때에도
하늘을 바라보고
주님의 음성을 듣습니다

하나님께서는 나에게
승리하게 하실 것을 믿기에
오늘도 흔들리지 않습니다

이별 고백

하루를 백 년같이 사는
이루지 못할
찰나의 사랑을 아는가

심산유곡, 작은 새 노래하는
아무도 가지 않는 길
그 위에 사랑을 쏟아
나의 길을 닦고 싶다

가슴 깊이 묻어둔
그대의 숨결
돌아올 수 없다는 걸 알아
이제 이 몸은 가지만

사슴 같다던 그 눈빛
삶의 회오리로
메아리 되어 오기를

전장戰場에서

여호와를 대적하는
사단의 무리 앞에
기도로 무장하고
영적인 칼날을 세운다.

진멸하라 하신 말씀 앞에
온전히 순종하여
물러설 수 없는
한판의 싸움

가라! 보내라! 도우라!
핏빛 전장의 소용돌이에
진군의 나팔은 울렸는데
나는 어디에 서 있는가

여호와의 구원은
사람이 많고 적음이 아니라
신령과 진정으로
여호와께 경배함이라

줄 서기

줄을 서서 기다린다는 건
누구를 위한 배려고 질서다
늘 앞이 되기를 바라지만
하늘의 별 따기다

하지만, 나를 바라보는
뒷줄이 길어질수록
지루함이 줄어든다.
한 번쯤, 힘들고 지칠 때
뒤돌아봐야지

줄타기

줄 아래가 아득하오
이미 올라섰으니
거부할 수 없는 도전
죽으나 뛰어야지

아래 세상 양반네님
오르는 걸 시기하여
야유가 웬 말인고
하늘만 봐야지

얼씨구 천한 것, 신이 나서
귀한 것들 벌린 입에
방귀나 뀌어줌세

절씨구 나르는 기분일세
천하가 내 것인걸
그 누가 알랴

짝사랑

가슴에 덧난 아픈 생채기
아물지 않아 성욕을 앓는다
그 파상波狀의 눈빛
피안을 유영하듯 붕붕 떠돈다

어찌하나 이 사랑의 낙진을
박하가루 같은 환한 느낌

백열白熱처럼 뜨거운 곁눈질
빙의처럼 몸부림이다
누구인지도 알 수 없는 미소
보이지 않는 세상을 향해
날마다 그리움의 소풍이다

분명 나는 그를 바라보고 있다

행복의 의미

함께 있지 않아도 행복한 것은
너를 사랑하기 때문이다
혼자여도 외롭지 않음은
나를 사랑한다는 그 말 때문이다

이룰 수 없음을 뻔히 알면서도
언젠간 만날 수 있으리란
아득한 희망이 있기 때문이고
너를 찾아 떠날 수 있기 때문이다

너를 사랑함이 죄일지라도
끝까지 후회하지 않음은
나를 사랑한다는 네 말을 믿어
기다릴 수 있기 때문이다

이제, 나는 안다
영원히 돌아갈 수 없을지라도
이 길 따라갈 수밖에 없다는 것을

허수아비

모진 풍파 부대낀 인고의 세월
눈썹하나 까닥 않고 웃음으로 버텼다
겹의 나이 쇠하여 휘청이는 허리
바람에 닳아져 쓸모없이 서 있어도

나 있어서 얻은 결실 팔자가 기박하여
웃음 속 비애 담고 풍요 속 빈곤이라
가야 할 길 떠날 수도 없어
이대로 죽어야 할 부동의 미학

환자患者

겨울 풍광에 가슴앓이 한다
땅은 순결처럼 희지만
신을 잃고 방황하는
내면의 세계는 썩어간다

겸허한 수용,
순수를 잃어버린 악함으로
비틀거리는 탐욕의 소리
그렇게 나를 알아간다

언제부터인지
알베르 카뮈의 '이방인'처럼
나는 영원히 돌아갈 수 없는
나 아닌 곳에 서 있었다

이미 늦어버린
얼어붙은 나신裸身으로
한줄기 빛을 바라지만
신의 손길은 자비를 잊었다

겨울 꽃

서리로 소복 입은 꽃
인고의 세월 딛고 동토를 가른다
죽었던 생명의 소리를 들으라
창포에 새싹 돋는 봄을 보아라

정결한 침묵, 아픔 잃은 기다림으로
어디가 시작이고 끝인 줄 모를
한 치의 위선과 가식도 없는
이 숭고한 부활을 노래하리라

청춘 잃은 핏빛 황혼이 등짐이 되어
가슴에서 비등하는 피눈물의 시간
이 열망의 부르짖음이여

잡을 수 없는 혼돈, 그대 눈빛에만
춤추는 마리오네트처럼
몸부림의 비곡을 그대는 듣는가

황홀할 꽃이 되소서
짓밟혀도 피어나는 야생화
영원히 지지 않을 금단의 꽃
겨울에 피는 꽃이여

겨울밤의 초침은 느리다

나뭇가지가 파르르 떨고
흑암을 지키는 파수把守
가로등이 술 취한 듯
거친 바람에 비틀거린다

새끼손톱 모양의 작은달은
자맥질하듯 숨바꼭질하고
이냥저냥 살았던 아픈 세월
움푹 파인 굴곡진 삶

잔혹한 고독으로 무장한
가난한 자를 시리게 하는
어둡고 스산한 겨울바람
겨울 채비도 끝나지 않았는데

꾸부정하게 가부좌 틀고
쓴 뿌리 씹는 듯 돌아보는
모퉁이길의 아쉬운 허무
겨울밤의 초침은 느리다

그리움

봉당에 맷방석 놓고
끼니 근심으로 잣을 까던
어머니의 한숨처럼
영원히 떠나야 할 듯
가슴에 내려앉는 비애

담쟁이넝쿨처럼
스멀스멀 기어오르는
차 창가의 그림자
까치발로 너머 본
그리움 떠난 자리
외로움의 싸한 바람이
칼날입니다

꿈처럼

오늘만큼은 좋은 일이 있기를 바라기보다
무슨 일을 하여야 좋을까를 생각하고 싶습니다

하늘을 보면 날고 싶고
숲을 보면 안기고 싶고
너른 바다를 생각하며 희망을 꿈꾸는 젊음처럼

황혼의 빛이 의미 없이 사라지지 않도록
도약하는 꿈을 꾸고 싶습니다

빛으로 / 소금으로

발행일 ┃ 2024년 03월 15일
지은이 ┃ 일향 오문식
발행인 ┃ 도서출판 유성
펴낸곳 ┃ 도서출판 유성
주　소 ┃ (우 03924) 서울시 마포구 월드컵북로 332-19,
　　　　　상안라이크3빌딩 201호
연락처 ┃ 070-7555-4614
E-mail ┃ youseong001@hanmail.net
등　록 ┃ 2019-000098호
정　가 ┃ 12,000원
ISBN 979-11-966900-9-0(03810)